The Bossy Gallito
El Gallo de Bodas

A
TRADITIONAL
CUBAN FOLKTALE

Retold by Lucía M. González
Illustrated by Lulu Delacre

SCHOLASTIC INC.
New York Toronto London Auckland Sydney
Mexico City New Delhi Hong Kong

ISBN 0-439-06757-X

Published by Scholastic Inc. SCHOLASTIC and associated logos
are trademarks and/or registered trademarks of Scholastic Inc.

35 34 33 32 31   16 17/0

Printed in the U.S.A.

First Scholastic Trade paperback printing, June 1999

Design by Marijka Kostiw

Lulu
Delacre's
art was done
in mixed media:
watercolor with
colored pencils
and gouache.

Para Annie,
que le gustan tanto los cuentos.
Para Moro y mis padres,
por su apoyo y amor.
L.M.G.

Para Marta Elena y Brad,
los recién casados.
L.D.

HERE WAS ONCE
a bossy little rooster, un *gallito mandón*,
who was on his way to the wedding
of his uncle the parrot, *su tío Perico*.
He looked very elegant and clean.
As he walked along, he spotted two kernels of corn,
so shiny and gold, very near a puddle of mud.

RASE UNA VEZ
un gallito mandón
que iba a la boda
de su tío el perico.
Muy elegante y limpiecito
andaba el gallito cuando divisó dos granitos de maíz
amarillitos y relucientes, en medio del lodo
a la orilla del camino.

The little *gallito* stopped and thought:
　　"If I eat
　　I'll dirty my beak
　　and I won't be able to go
　　to the wedding of my Tío Perico!"
But he could not resist.
He ate the corn, and dirtied his beak.

El gallito se detuvo y pensó:
　　—¿Pico o no pico?
　　Si pico me ensucio el pico
　　y no podré ir a la boda
　　de mi tío Perico.
Sin pensarlo dos veces
picó y se ensució el pico.

Just then, he saw some grass to the side
of the road.
So he went to the grass and he said:
    "Grass, clean my pico
        so that I can go
        to the wedding of my Tío Perico!"
But the grass said:
    "I will not."

**Más adelante vio la yerba que había al otro lado
del camino.
Entonces le dijo a la yerba:
    —Yerba, límpiame el pico
        para ir a la boda
        de mi tío Perico.
Pero la yerba le contestó:
    —¡No te lo limpiaré!**

The little gallito walked a little way
until he saw a goat, and he ordered:
        "Goat, eat the grass
            who won't clean my pico
            so that I can go
            to the wedding of my Tío Perico!"
But the goat, who didn't like to be
bossed around, said:
        "I will not."

**El gallito entonces fue
a donde estaba el chivo y le ordenó:
        —Chivo, cómete la yerba
            que no me quiere limpiar el pico
            para ir a la boda
            de mi tío Perico.
Pero el chivo, al que no le gustaba
que lo mandaran, contestó:
        —¡No me la comeré!**

The little *gallito* hurried along
until he found a stick, and he scolded:
     "Stick, hit the goat
       who won't eat the grass
       who won't clean my *pico*
       so that I can go
       to the wedding of my Tío Perico!"
But the stick said:
     "I will not."

**El gallito camina que te camina
se encontró al palo y le mandó:
     —Palo, pégale al chivo
       que no quiere comerse la yerba
       que no me quiere limpiar el pico
       para ir a la boda
       de mi tío Perico.
Pero el palo le contestó:
     —¡No le pegaré!**

In a nearby bush, the little *gallito* found
a fire burning.
He ran to the bush and demanded of the fire:
      "Fire, burn the stick
         who won't hit the goat
         who won't eat the grass
         who won't clean my *pico*
         so that I can go
         to the wedding of my Tío Perico!"
But the fire said:
      "I will not."

El gallito entonces vio al fuego
que ardía entre un matorral cercano y le exigió:
      —Fuego, quema el palo
         que no quiere pegarle al chivo
         que no quiere comerse la yerba
         que no me quiere limpiar el pico
         para ir a la boda
         de mi tío Perico.
Pero el fuego le contestó:
      —¡No lo quemaré!

By now, the little *gallito* was in a VERY big hurry.
He rushed to a stream and commanded
the water:
  "Water, quench the fire
    who won't burn the stick
    who won't hit the goat
    who won't eat the grass
    who won't clean my *pico*
    so that I can go
    to the wedding of my Tío Perico!"
But the water said:
  "I will not."

Andando muy apresurado, el gallito
se acercó al chorro de agua y le exigió:
  —Agua, apaga el fuego
    que no quiere quemar el palo
    que no quiere pegarle al chivo
    que no quiere comerse la yerba
    que no me quiere limpiar el pico
    para ir a la boda
    de mi tío Perico.
Pero el agua le contestó:
  —¡No lo apagaré!

The little *gallito* did not know what
else to do. Then he saw the sun, *el sol*,
smiling at him from up in the sky. The sun
was his good friend. The little *gallito* always sang
to him first thing in the morning to wake him up.

"Please, dear *Sol*, dry the water
who won't quench the fire
who won't burn the stick
who won't hit the goat
who won't eat the grass
who won't clean my *pico*
so that I can go
to the wedding of my Tío Perico!"

El gallito no sabía que más podía hacer. De repente
se fijó en el sol que lo miraba con una sonrisa
desde el cielo. Él era su amigo. El gallito
siempre lo despertaba con su canto
tempranito en la mañana.

—Sol, por favor, seca el agua
que no quiere apagar el fuego
que no quiere quemar el palo
que no quiere pegarle al chivo
que no quiere comerse la yerba
que no me quiere limpiar el pico
para ir a la boda
de mi tío Perico.

And the sun said:
    "With pleasure, my friend!
    ¡Con gran placer!"

Y el sol le contestó:
    —¡Con gran placer!

The water, who had heard the sun's reply, said:

"Pardon me, but I will quench the fire."

And the fire said:

"Pardon me, but I will burn the stick."

And the stick said:

"Pardon me, but I will hit the goat."

And the goat said:

"Pardon me, but I will eat the grass."

And the grass said:

"Pardon me, but I will clean your *pico*."

And so it did.

Al escuchar al sol, el agua con temor dijo:

—Perdón, yo apagaré el fuego.

Y el fuego dijo:

—Perdón, yo quemaré el palo.

Y el palo dijo:

—Perdón, yo le pegaré al chivo.

Y el chivo dijo:

—Perdón, yo me comeré la yerba.

Y la yerba dijo:

—Perdón, yo te limpiaré el pico.

Y así lo hizo.

The little *gallito* thanked his good
friend *el sol* with a long:
      "¡QUI-QUI-RI-QUÍ!
        COCK-A-DOODLE-DOO!"

**El gallito le dio las gracias a su amigo
el sol con un largo:**
      —¡QUI-QUI-RI-QUÍ!

. . . and he rushed
the rest of the way
to get to the
wedding on time.

. . . y siguió su camino
apuradito para llegar
a tiempo a la boda
de su tío Perico.

GLOSSARY **GLOSARIO**

Here are some of the words that appear in the story. For a little bit of fun, why not try to substitute these English words for Spanish as you read the story.

Aquí tienes algunas de las palabras que aparecen en el cuento. Según vayas leyendo, trata de sustituir las palabras en español por su equivalente en inglés.

Gallito mandón (guy * YEE * to mahn * DOAN) . . . . . bossy little rooster
Tío Perico (TEE * o peh * REE * ko) . . . . Uncle Parrot
Pico (PEE * ko) . . . . beak
Maíz (mah * YEES) . . . . corn
Yerba (YAIR * bah) . . . . grass
Chivo (CHEE * vo) . . . . goat
Palo (PAH * lo) . . . . stick
Fuego (FWAY * go) . . . . fire
Agua (AH * gwah) . . . . water
Sol (SOAL) . . . . sun
Recién casados (reh * see * YEN cah * SAH * those) . . . just married

This is what the bossy *gallito* says as he decides whether or not to eat the corn.

Esto es lo que el gallito mandón dice para sí, mientras decide si debe o no comerse el maíz.

If I eat   **¿Pico o no pico?**
I'll dirty my beak   **Si pico me ensucio el pico**
and I won't be able to go   **y no podré ir**
to the wedding of my Tío Perico   **a la boda de mi tío Perico**

ABOUT THE STORY

I grew up in Cuba listening to the stories of my *tía abuela* Nena, my great-aunt Nena. At night, without electricity, the countryside became impenetrably dark and quiet. Every evening we sat around her and listened to her stories and her remembrances of life as it had been. I heard her tell "*El Gallo de Bodas*" many times. It was my favorite story and I never forgot it.

Versions of this story came to Cuba and other Latin American countries from Spain long ago. However, "*El Gallo de Bodas*" is the Cuban version. It is known by most Cuban children on the island. It is my hope that traditional stories like this one will continue to be told to our children in the United States.*

SOBRE EL CUENTO

Durante mi niñez en Cuba, crecí escuchando los cuentos de mi tía abuela Nena. Las noches en el campo, sin luz eléctrica, eran impenetrablemente oscuras y silenciosas. Todas las noches nos sentábamos a su alrededor para escuchar sus cuentos y sus experiencias. "El Gallo de Bodas" era uno de mis cuentos favoritos y yo le pedía que me lo contara una y otra vez. Desde entonces nunca lo he olvidado.

Diferentes versiones de este cuento llegaron a Cuba, y a otros países de Latinoamérica, desde España, hace mucho tiempo. "El Gallo de Bodas" es la versión cubana. Hoy es uno de los relatos infantiles más populares en Cuba. Es mi esperanza que cuentos tradicionales como "El Gallo de Bodas" se les sigan contando a nuestros niños en los Estados Unidos.*

About the Bossy Rooster

In a *corral*, a poultry yard, where there is more than one rooster, one among them will always establish his supremacy. He must win many fights in order to prove his leadership and become the "boss of the corral."

Cockfighting roosters play an important role in the popular culture of most Hispanic Caribbean countries. Men pride themselves on the bravery of these roosters. They compose poems and ballads in their honor. They are the aristocrats of their breed.

Sobre el gallito mandón

Siempre que hay varios gallos en un mismo corral, uno de ellos se establece como jefe de la cría. Para lograr su supremacía, este gallito debe ser bravo y ganar muchas peleas.

Los gallos de pelea son muy populares en los pueblos hispanos del Caribe. Los hombres se enorgullecen de la valentía de sus gallos, y les componen versos y baladas. Son los aristócratas de la cría.

About the Perico

Pericos, like roosters, are very common pets in many Latin American countries. Usually people differentiate between *pericos*, *periquitos*, *loros*, *cotorras*, and *guacamayos*, according to their size and the color of their feathers.

Sobre el perico

Los pericos son animales domésticos muy comunes en los países latinoamericanos. Generalmente se distinguen de los periquitos, los loros, las cotorras y los guacamayos por su tamaño y por el color de su plumaje.

---

*There are many other versions of this popular story found in various cultures throughout the world. One version is "The Old Woman and the Pig." Another is the traditional Passover song, "Had Gadya," which is believed to have roots in a French nursery song dating back many hundreds of years.

---

*Existen diferentes versiones de este cuento popular en varios países. Una de ellas es conocida como "La vieja y el cerdo". Otra versión es una de las canciones tradicionales de Passover, "Had Gadya", que se supone tiene sus orígenes en una canción de cuna francesa que data de hace varios siglos.

ABOUT THE ILLUSTRATIONS

When I first read Lucía González's version of "El Gallo de Bodas," I immediately liked it. It had an undeniable Cuban flavor that I wanted to capture in the illustrations. So I decided to set the action in a Cuban area of Miami, Florida, known as Little Havana. I took hundreds of photographs of the streets, a wedding, the people, and the many exotic native birds, which helped me bring authenticity to the art.

SOBRE LAS ILUSTRACIONES

Desde la primera vez que leí la versión de "El Gallo de Bodas", de Lucía González, quedé encantada. Poseía un indiscutible sabor cubano que me pareció debía representar en las ilustraciones. De modo que decidí situar el cuento en un lugar de Miami conocido como *Little Havana*. Tomé cientos de fotografías de las calles, de una boda, de la gente, y de los pájaros, fotos que me ayudaron a darle verdadera autenticidad al arte.

The Cast

All of the birds that appear in the illustrations are inhabitants of the Miami area, many of them being migratory creatures.

- The bossy *gallito* — Cockfighting Rooster
- The bride — Great White Heron
- The groom — Rose-Ringed Parakeet
- The bride's mother — Emerald Toucanet
- The bride's father — Ruddy Quail Dove
- The bride's maids — Sun Conures and Peach-faced Lovebirds
- The hairdresser, limousine chauffeur, photographers, and coffee stand owner — Pink Flamingos
- The domino players — Ruddy Quail Dove, Key West Quail Dove, and Ringed Turtle Dove
- The priest — Southern Bald Eagle

El reparto

Todos los pájaros que aparecen en las ilustraciones son moradores del área de Miami; muchos de ellos son aves migratorias.

- El gallito — Gallo de pelea
- La novia — Gran garza blanca
- El novio — Perico de anillo rosado
- La madre de la novia — Tucanilla esmeralda
- El padre de la novia — Paloma codorniza roja
- Las damas de la novia — Loras de sol y periquitos
- La peluquera, el chófer, los fotógrafos, y el dueño del cafetín — Flamingos rosados
- Los jugadores de dominó — Paloma codorniza roja, paloma de Key West, y tórtola de anillo
- El sacerdote — Águila americana de cabeza blanca

The Setting

The bossy *gallito* walks along Calle Ocho (S.W. 8th Street) in Little Havana, the heart of Miami's Cuban community.

The church pictured is Plymouth Congregational Church. It was built in 1917, and was constructed following the design of an old City Mission Church in Mexico. The front door, which is from the seventeenth century, came from a monastery in Europe. The church is made of coral rock and is located in Coconut Grove.

El escenario

El gallito mandón se pasea por la Calle Ocho en *Little Havana*, el corazón de la comunidad cubana de Miami.

La iglesia representada es *Plymouth Congregational Church*, construida en el año 1917. Su diseño es imitación de una antigua iglesia en Misión, México. La puerta principal data del siglo XVII y proviene de un monasterio en Europa. La iglesia es de piedra coral y está localizada en *Coconut Grove*.

(Continued)

(Continúa)

Tradition and Culture

Mantilla de blonda — This lace shawl is used only during the Cuban traditional service of *Misa de Velaciones*. After the couple has exchanged rings, two ladies who have been preselected pin the shawl to the veil on the bride's head and on to the groom's shoulders. This symbolizes the eternal unity of the bride and groom.

Juego de dominó — Dominoes is a favorite table game among Cuban men. This is the game that is being played in the story, in the scene where the little *gallito* is asking the grass to clean his beak. At El *"parque del dominó"* in Little Havana, men gather to talk and play much in the same way it was done in Cuba.

Las tradiciones y la cultura

Mantilla de blonda — Esta mantilla de encaje se utiliza durante la misa de velaciones. La mantilla la prenden dos damas, seleccionadas con anterioridad, sobre la cabeza de la novia y los hombros del novio una vez que la pareja ha intercambiado los anillos. Representa la unión eterna de los cónyuges.

Juego de dominó — Este juego de mesa es uno de los más favoritos entre los hombres cubanos. En el "parque del dominó", en plena Calle Ocho, se reunen amigos para conversar y jugar como solían hacerlo en Cuba.